註東坡先生詩

卷十七

是日貽合裝蘇齋圖錢唐王芳谷摹蕭壺蘇齋圖嵩山孫少迂作蘇齋詩意圖揚州羅兩峯作蘇齋拜坡公生日圖於是日之何義門王覺斯書蘇齋字皆為我有矣 方綱識

丑十二月十九日拜坡公生日於蘇齋同白山法式善揚州羅聘欽州馮敏昌陽湖楊倫謹觀

錫麒書

是安丁[illegible][illegible]

李彥章同觀

年九月十又七日蒙古法式善

洵宣城張炯寧化伊秉綬同觀

室

[illegible]法吳榮光新城陳用光歸[illegible]

[illegible]綰宜黃謝階樹吳縣董國華漢陽

[illegible]集　蘇齋拜　坡公生日榮光書識

年九月十又七日蒙古法式善

洵宣城張炯寧化伊秉綬同觀

室

[illegible]海吳榮光新城陳用光歸[illegible]

[illegible]嗣綰宜黃謝階樹吳縣董國華漢陽

集　蘇齋拜　坡公生日榮光書識

坡先生詩卷第十七

吳興施氏

吳郡顧氏

四十一首 起守吳興盡如齊安

公擇過高郵見施大夫與孫莘

貞花詩憶與僕去歲會于彭門

筍故[illegible]月一丁四韻見

云

目

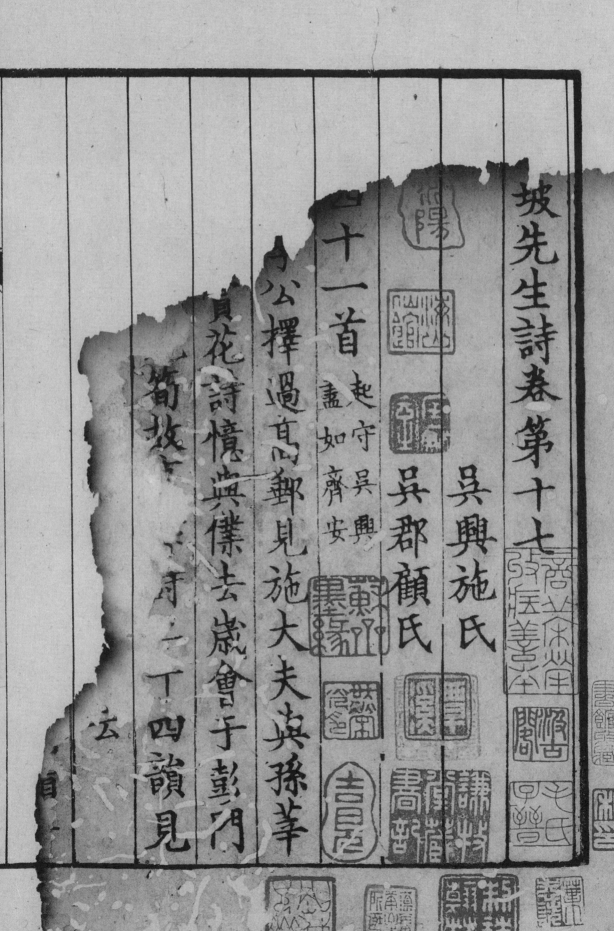

之三

人亨李

白傳

頭泌醞李侍

之韻詩到吟郎詩逸韻不

笑杜子美詩每蒙天一笑復

似物皆春仙傳拾遺玉女

脫帳不

之笑

萬象解寒窘鶩開小桃

雷鼓軫南卓羯鼓錄汝陽王璡玄

宗鍾愛之每游幸頃刻不

舍戴砑絹帽打曲上自摘紅槿花一

帽上笪處二物皆滑久之方安遂奏

香一曲花不墜落上大笑賜璡金器

廚與玄宗論鼓事上曰頭如青山峯

白雨點即羯鼓之能事山峯取不動

取碎急又玄宗嘗遇二月初小殿庭

杏將吐睹而歎曰對此景物豈可不
判斷乎遣高力士取羯鼓臨軒縱擊
柳杏皆已微拆上指笑曰此一事不
作天公可乎揚妃外傳上羯鼓羅戲
請纏頭對曰豈有大唐天子姨無錢
遂出三百萬爲一局上與妃子在沈
命樂工李龜年持金花箋召李白進
調詞白承詔旨猶苦宿酲因援筆賦
龜年以歌妃笑領歌意文選
唐馮文熊許發軫清洛納
餘波
書禹貢餘波入于流沙左傳僖
一十三年晉公子重耳曰其波
身居易 唐書白居易傳初兵
元稹詠故號元
師表 前
飲動

[illegible]毫
馬吟月寧
語信汝君来根
引左傳襄公二十三年齊相石奠曰使歸而廢其
以族大夫也不猶愈乎
我差心已灰
莊子
身若枯木之枝心若死者禍亦不至福亦不来
空煩扇餘
傳成公二年齊賓媚人請收合餘爐城借一文選沈休文安陸王碑扇以
游照六鑿虛室掃充物
莊子外物篇心有天游室
虛則婦姑勃谿心無天游則六鑿相司馬相如傳萬端鱗萃充物其中者

懸知色竟空般若心經色即是空那復嗜烏吻蘇秦傳飢人飢而不食烏喙者為其腹而與餓死同患也本草烏頭一名宋齊丘化書鄭蜀之酒烏喙之脯初若芥再啜之若黍復啖之若丸又啖

蕭然一方丈陶淵明五柳先生傳環堵蕭然淮南子聖人處室高誘注曰堵長一丈面環一堵為方丈居士老龐蘊[illegible]士龐[illegible][illegible]少[illegible]

散花從滿減阿彌陀經各以[illegible]

[illegible]問[illegible]維[illegible]維摩詰天女見[illegible]子着[illegible]寺[illegible]

旱
蒙
附絡七重罔迎圍鏡
……祇……時一七蠡和子美詩義陽行句蛇登其巢
飡斯滌兩徒鶴痛憤寄所宣高短草辭蜿蜒折尾時一挊飢腸
……聞孟光賢漢司馬遷傳亦嘗側聞長者遺風矣後漢梁鴻
其妻曰孟光來學處仲忍晉王敦傳字處仲王愷置酒敦
等俱在坐有女妓吹笛小失聲韻愷之一坐改容敦神色自若又愷使美
酒以客飲不盡輒殺之敦故不肯持悲懼失色而敦傲然不顧導歎曰處

當世心懷剛忍非令終也又嘗荒恣
體為之弊左右諫之曰此甚易耳乃
閣驅婢妾數十之時人歎異焉寄招應已足左右侍
毛詩鬒髮如雲何時花月夜古樂府有春江花月夜一章
謝不敏韓退之寄盧仝詩買羊沽酒謝不敏偶逢明月曜桃李
[illegible]耳金剛經一切有為法[illegible]如幻泡影戲語君勿
公[illegible]虛忻漢司馬相如傳[illegible]虛言
[illegible]為齊難[illegible]而[illegible]曰一

元

萬

…南郭…而坐

…案滿前長鴻睡文選嵇叔…

人留…亭堆案滿前 …莫言堆案無餘地 願君勿笑

槪夢幻去來殊未已金剛經如夢幻泡影長疑

恐不免晉謝安傳安石妻劉惔妹也見家門冨貴而安獨靜退乃夫不如此也安曰恐不免耳未信犀首終無事史記傳謂犀首曰公何好飲也犀首曰吾請令公厭事可乎勿將

任清虛居士與我蓋同耳晉張華傳華臣詒戔

曰此自吾意與吾同耳

和孫同年卞山龍洞禱晴

是月兩岔乾生魚蛙戰國策知伯攻趙城水不沒者

生竈人馬相食晉成公綏陰霖蛙[illegible]舟後灌范舟傳閭里

一[illegible]來丹往間[illegible]山龍曷不

磔[illegible]詩稱倚

小[illegible]鳴杙

才

仙泉

長吟豈

如善入 毛入相州
抱明月 珠而熟睡

節孟堅東都賦雨師泛灑風伯清塵楚辭屈原九歌

[illegible]雷師亦佇檛後漢禰衡傳注檛擊鼓杖也積水

鼜禮記歲十二月土反其宅水歸其壑稻苗出泻沙農

菜色禮記以三十年之通雖有凶旱水溢民無菜色龍亦飽

看君擁黃紬高卧放晚衙白樂天題河南詩暖

宵宴寒庭放晚衙倦游録文潞公初
次縣題詩于新衙鼓上云置向譙樓
撾撾撾多撾少不知他如今
黄紬被努出頭来道放衙

乘舟過賈收水閣收不在見其子

三首

賈收字耘老吴興人事見(十
八韻荅賈耘老詩註
附字元[illegible]人有酒要
之共七[illegible]雖不識
[illegible]先生傳
[illegible]官

不取所賃
竟夕獨歌尚書酬歌于室
陸□□門客竟夕獨酬歌
蒲亂楚辭嫋嫋兮秋風猗猗水荇長毛詩瞻彼
綠竹猗猗杜子美竹牽風翠帶長小舟浮鴨綠唐東夷傳
馬訾水出白山頭號鴨綠水大杓瀉鵝黃晉阮咸傳咸至
閒共集不復用杯觴斟酌以大盆盛杓更飲杜子美小鷙兒詩鵝兒黃似

（酒鳥）得意詩酒社終身魚稻鄉樂哉無

何處不清涼

月暮岸（禮記負手曳杖）繫船枯柳根（白樂天隋堤柳）

（何此舟）德公方上冢（襄陽記司馬德操詣龐公值其渡沔）

獨留言（論語子路遇荷蓧丈人見其二子焉注云留言）

滄（周禮[illegible]方氏正東[illegible]浸沂沐）[illegible]三從

禮政家

月佫门踈白笑

淩苦能局許功古詩話裴令公夜宴聯句至楊

槩天知不能加蹇曰沸莫作此冷淡生活不怕飛蚊如

坡云湖州多蚋影脚尤毒肯随白鳥過垂虹垂虹

槁亭名夏小正白鳥蚊蚋也金樓蚊也齊桓公臥栢寢謂仲父曰一

寡人悒悒今白鳥營營是必飢耳紗廚進之杜子美寄劉峽州詩江

吟哦相對忘三伏韓退之調張籍詩惟此兩夫子家居涼帝欲長吟哦故遣起且僵曆忌釋何也金氣伏藏之日也金畏於火故日必伏陰陽書後夏至後第三庚為四為中伏立秋後初庚為終伏故謂

泛之冰谿入雪宮孟子齊宣王見孟子於雪宮

客峰直塲何山得鳥字

空小江與白塔隱

洞庭

禪

問山幽深何處来

泊曹子建樂府生華屋處零落歸山丘存何山

括地志何山本名金蓋山音何稽居此習業後為吳興太守改為何

詞出谷去路清且悄長松度翠蔓文選劉越

風歌繫松下絶壁挂啼鳥文選謝靈運登石門詩晨策尋

友自杭来尚歎所歷少歸途風雨作

紅日燎俄蕉萬竅號莊子齊物論大塊噫氣其名為唯無作作竅怒號黑霧卷蓬蓼舟人紛變色

桂鷗嬌韓退之同冠峽詩因居念輕嬌我獨奠酒杯

流孫唐傳奕傳自為墓志云青山白雲人也以醉死書生

魏僞傳封倫書生[illegible]虛論造物空煩擾更將

下美人為[illegible]頒正似要

場何砚

[illegible]故

遊三閘湖上　舍不復從

繁[illegible]獨淨慈本是老學者益盛

作詩寄之

三吳一夢間朱長文吳郡圖經續記漢永建四年分會稽為以浙江中流為界晉宋齊梁陳之間割地而不改與吳興丹陽號為三吳

千作冢纍然文選潘安仁懷舊賦墳纍纍以接壠神仙傳丁

云何不冢纍纍獨依舊社傳眞法要與遺民

年左傳閔公二年衛之遺民男女七百有三十人漢王莽傳莽下書曰陽九之阨百六之會國用民人騷動今阨會已度趙叟近聞

趙叟謂趙清獻公抃前一歲以宮師致仕漢朱買臣傳懷其印綬

反林泉何時策杖相隨去文選左太

[illegible]古遙不與[illegible]傳燈錄福[illegible]安[illegible]

梅……占茜雨

詩……分夏至日三十日萬□初李舶趕

七……綴聲萬……豆畢樂趣齋巨度山曲毛詩

云大陵曰阿有大陵卷然風從長春之方來入之一時清

江東韓退之南谿始泛詩南谿亦清駛蘢飄蔌蔌先

毛詩蔌蔌方有穀注云蔌蔌陋也喚醒昏昏嗜睡翁

記壁詩云人間不漏仙兀兀三杯醉無眼禪昏昏一覺睡杜牧之上李中

好酒嗜癖已痼欲作蘭臺快哉賦却嫌分別雄文選宋玉風賦楚襄王游於蘭臺之宮有風颯然而至乃披襟當之[illegible]此風寡人所與庶人共者邪玉對[illegible]大王之風耳庶人安得而共之曰乎玉曰明發耳目寧體便人此大風啗齰嗽獲死生不卒此庶人之

[illegible]送蟋蟀

[illegible]見

[illegible]鄒傅

文一詩傚[illegible]兩[illegible]圍
著作郎考城蕭[illegible]字[illegible]醇[illegible]
宜之君於孫處有書見及
如雲白樂天和裴侍郎詩靜將鶴為伴閑與雲相似欲出
白樂天朝歸詩有無人閑相伴清風獨無事一嘯
[illegible]後漢方術趙炳傳嘗臨水求度舡[illegible]人不和之炳乃張蓋坐其中長嘯
[illegible]流而濟杜子美李[illegible]詩隔屋喚西家來從白蘋洲唐文

方直白蘋亭記洲在郡城南雲谿搽洲之陽揭大亭一焉吹我明

門前遠行客文選古詩人生天地間忽如遠行客青衫

汗白樂天詩江州司馬青衫濕淮南子挈一石尊白汗交流問子

杜子美泥功山詩寄語比來人後來莫怱怱王事不可

從王賢勞故人錢與李清廟兩圭瓚

尚書平王錫晉文侯秬鬯圭圭為勺柄謂之圭瓚詩鬯屋

[illegible]蔚為[illegible]傳[illegible]鄉[illegible]本

身[illegible]

[illegible]人

[illegible]詩一人[illegible]寺

[illegible]山風那復有塵土飛來

[illegible]漢疏廣傳賢哉二大夫豈嚴不可給

[illegible]烈發

泛舟城南會者五人分韻賦詩得人皆苦炎字四首

樓閣似魚鱗楚辭屈原九歌魚鱗屋兮龍堂不見清

白蘋劉禹錫湖州詩酒對青山月琴韻白蘋風又吳興口號駱駞橋

風起孟東野送陸暢歸湖
渺渺雲谿前白蘋多清風試選茗谿
處杭州圖經若溪水出天目山夾岸
多茗草秋風吹花如飛雪因名之
我輩不羈人晉石苞傳許允謂苞曰
卿是我輩人漢司馬遷
負不羈之才韓退之送惠
師浮屠者乃是不羈人窺船野
見遥飛蟲空自馴遠郭荷花一
餘杭詩選
二十里
誰知六月下塘春
人湖之水亂出霅三谿
西溢餘杭名曰下塘

倀只[illegible]一生谿月

樂侍[illegible]氣[illegible]逆霾霧天南賓[illegible]詩霁雨

[illegible]斷音信韓退之詩萬中往往見鄉國杜子美

[illegible]弟兄流落隅江淮杜子美詩故鄉有弟

倀應築室茗谿上左傳築室反耕者荷葉

[illegible]凌堦柳子厚西亭夜飲詩霧暗水連堦月明花覆牖

鹽魚賤如土白樂天洛下宴游詩米價賤如土得錢

何曾數杜子美解悶詩友得錢留白魚谿碧筩時作

彎白酒微帶荷心苦 酉陽雜俎魏正始中鄭公慤守夏日率僚佐避暑於歷城之北使君以大荷葉䣬酒以簪刺其心令與柄上輪囷如象鼻傳飲之名碧筩杯歷之言酒味雜蓮氣香冷勝於水賫子

亦云白樂天想東遊蓮心小漿甜蔗節稠 運肘風生看 徐無鬼篇匠石斵之運斤漢趙廣漢傳遇事風生 隨刀 杜子美姜七設鱠歌無聲細下飛碎雪杜子美詩刀鳴鱠

廡者善斫[illegible]霰滌絲[illegible]化為湖一飛去

[illegible]鰄 飽食

[illegible]月下

上水精簾[illegible]郭清游

晚[illegible]望

所[illegible][illegible]史聽記在[illegible]則謝安

[illegible]工羲之獻之國朝則顏魯公

紀事讜正也劉貢外[illegible]翰[illegible]部

集序云東晉王羲之謝安[illegible]公

而[illegible]之至唐出守者[illegible]顏真北牕

毅又不獨以篇詠著者也

[illegible]羲爻晉陶潛傳高臥北牕之下清

風颯至自謂羲皇上人左傳

神農氏

伏羲氏人間寒熱無窮事白樂天迂叟詩冷暖

[illegible]世路是非閒論任交親自笑疎頑

矣詩莫思身外無窮事

痁白樂天題郡齋詩偃臥迯踈頑左傳昭公二十年齊侯疥遂痁杜預瘧也後漢景[illegible]壯士不病瘧

贈王郎一首此詩墨蹟刻石成都帖而集中失載王郎乃子由婿子立也是時從先生於吳興

[illegible]溫千頃蓀蕭[illegible] [illegible]亦口 [illegible]救此井

灣出
沔果故坻
白為濟泉記水才和濟南
千武仙概泉亭詩
賀漢陳平傳豈有美如陳平長貧者乎七年飢未
天祝蒼華詩痛飲當悲吟飢過午偶然得一飽陶淵
隨身飽萬象困嘲弄劉禹錫楚望賦萬象起滅森來貺予
不論命韓退之嘲少年詩直把春償酒都將命乞花孟東野招文
詩文士莫辭人命屬花愛雪長忍凍孟東野苦寒詩凍吟

夫公非不憐聽飽即喧闐揚子一闐之帀君

郡守所至滿賓從文選魏文帝與吳質書賓從無聲

帘在眼詩酒事豪縱奉使令折磨白樂

之詩由相踏折清比於陵仲孟子陳仲子[illegible]於陵高士

士終適楚居於陵列女傳楚王[illegible]相入告於妻妻曰亂世多害

懷素山下擕[illegible]春草[illegible]吳吳

頁方

艮戊茶

州茶

息

[illegible]臥讀[illegible]此愈
呈左右本侍臣亡[illegible]志曾子皇篇侍
從上雍漢趙充國傳[illegible]安世本持槖簪筆事孝武帝數
安曰槖契囊也近臣負槖簪筆從或有所紀也漢司馬遷傳報任安
季冬僕生上雍脫韈吟芍藥舊唐書李白傳玄宗欲造
詞亟召白白已醉臥以水灑面秉成十餘章嘗沈醉殿上引足令高
脫韈由是斥去楊妃外傳開元中植[illegible]於沈香亭前會花繁開召李白立

平調詞上自是顧李翰林異於他學
高力士以脫鞾為恥摘其詞以激揚
欲官白沮止給札賦雲夢漢司馬相如傳請為天子游獵
上令給筆札賦云楚有□見其一名曰雲夢何人慰流落
□詩自從□咸集嘉藕天為種杯傾笛中吟
□札詩謝公吟賞愁飄落可□更□□蜀州紅梅閣東壁有詩云
□吹笛大家留取□□辛白□詩笛秋今書□□秋帽
王□六□言高
大□桑
謳
人

[illegible]

石[illegible]憶

陪[illegible]生與世陋異　此山故以為名　稀[illegible]書

山房記云公擇少時讀書於　老峯下白石菴之僧舍公擇既

之人指為李氏　書凡九千餘卷　何嘗種此花各

甕　莊子天地篇漢陰丈人方將為　圃畦鑿隧而入井抱甕而出灌

用力　功寡

送淵師歸徑山

嘗為徑山客李照臨安徑山山門事狀云徑山乃天目東北一路以故名至今詩筆餘山色師住此山

妙語應須得山骨韓退之石鼎聯句巧匠斲山骨

法磨欲返西竺乃命門人各言所合傳其語謂道育曰汝得吾骨

雲蒸飛蛟猛捷如[illegible]鷹羨師

[illegible]嘗不動長明燈[illegible]報龕[illegible]與燭

杜[illegible]丁似

學故吳越國王錢氏墳廟及其父祖妃夫人子孫之墳在錢塘者二十有六蕪廢不治父老過之有流涕者非所以勸獎忠臣慰荅民心之義也臣願以龍山廢佛祠曰妙因院改為觀使錢氏之孫為道士曰自然者居之凡墳廟之在錢塘以付自然制曰可賜名曰表忠觀其碑實東坡為之挂名爭欲刻碑陰之句蓋指此碑也錢道士即碑中名自然者號通

敎大師

杭来見余於吳興問觀亦卒工乎

杭人比歲不登莫有助我者余曰

人重施輕財是不獨為福田今歲

及還作詩送之一集中不載此引道士吳大

舊本[illegible]忠

流破
詩　怨有籌退
數　司空圖
破晉簡文帝紀留心典
爲意凝塵滿席宴如也文選
閒樓詩
瑤席
憔悴雲孫雪滿簪楚辭劉
向九歎
而無樂爾雅昆孫之
孫仍孫之子爲雲孫未信諸豪容
從他縣施千金漢郭解傳洛陽人
有相仇者邑中賢
閒以十數終不聽客乃見解解夜見
仇家曲聽解曰吾聞洛陽諸公在閒

聽今子幸而聽我奈何從他縣奪
賢士大夫權乎廼夜去不使人知

次韻周開祖長官見寄

墨蹟藏吳興向氏前題云次
韻奉和樂清開祖長官見寄
後題云元豐二年[illegible]月十三
日吳興郡齋作送[illegible]兒童迎
[illegible]溪墨蹟作一[illegible] 宮是續跋此一字
敗[illegible]蓋於攻路豈俗擾[illegible]陸士選
[illegible]之[illegible]典校閱父
[illegible]縮

慶

[illegible]方容蓋漢瀟

[illegible]野[illegible]之[illegible]輒[illegible]復壞鄰盜入蒙山不

[illegible]憾懸孔孟孟[illegible]孔子之仕也非事[illegible]與曰害道

未可責求由論語若有季路見於孔子曰季氏將有事

夫子欲之吾二臣者皆不欲也孔而不持顛而不扶則將焉用彼相

[illegible]臺詩話云軾知湖州有周邠作詩荅云政拙年年祈水旱民勞處處

[illegible]河吞巨野那容塞盜入蒙山不易[illegible]自言遷徙數淵未蒙朝用擢用老

路并所至遇水旱盜賊夫役數起民
害以譏諷朝廷政事闕失并新法不
所致也仕道故應懟孔孟扶顛未可
由以言已仕而道不行則非事道也
於孔孟孔子責由求云危而不持
扶則將焉用彼相矣顛謂顛仆也
諷朝廷大臣
其顛仆
漸謀田舍猶懷祿未
傍徨惘惘可憐真喪狗莊子庚桑楚篇
惘乎欲反汝情性而無由入
若[illegible]伯出門罔罔音離
立郭東門鄭人
顙[illegible]闕其[illegible]
虛

唐

何頻樓

壓人遷湖靈

特盍遂田衣柳卉詩謝云兵典序

叩諧公英不游了樂之丙城中則火堂見於桥慄云類真淚之

著獨近憶張陳與老劉謂張子野陳令舉劉

定軒憁飛豹脚東坡云湖多蚊土人云豹脚者尤毒

欄檻上蝸牛舊游到處皆蒼蘚同甲

向黑頭憶昔湖山共尋勝韓退之送靈師詩尋

相逢杯酒兩忘憂 韓退之贈鄭兵曹詩樽酒相逢十載

顧榮傳謂張翰酒可以忘憂 醉看梅雪清香過 古樂

鄉梅花落詞庭前一樹梅寒多未言花似雪不悟有香来齊已梅花

夜棹風船駭汗流 韓退之秋懷詩有如乘風船一

又歡[illegible]史[illegible]取 百首共[illegible]山上集[illegible]人

無句[illegible][illegible][illegible]天真 莊子逍遥述鵬意而

[illegible]依徑寸

[illegible]離己

多作荒脣

曰足扉飲也扃

為本名曰史記孟嘗君傳馮驩居孟嘗傳

曰長鋏歸來乎食君□之幸舍食有魚矣從今更

麴薄酒知君笑督郵世說桓公有之筞善別酒

之青州從事之平原督郵

林子中以詩寄文與可及余與可

既沒追和其韻

所甚獸投畀每不受毛詩取彼譖人投畀有北有北

其少須史漢賈山傳願少須史毋死見德化之成奪去

役唐揚綰傳綰嘗競帝曰何奪綰之速耶云誰尸此職毛詩

乃亦假守漢項籍傳合稽假守通素賢梁注云假守兼守

巨海無異斛與斗胡不安其分

一[illegible]丈人[illegible]勤杜子美遺興詩時來[illegible]材力先

所[illegible]記

伯厚後度

追之西岬大江

一[illegible]皐[illegible]東江

人氣如山為懸象臨逸意

于[illegible]望五百里安得自其牖論語

[illegible]子問之自牖執其手曰矣夫斯人也而有斯疾也遺文

[illegible]文選魏文帝與吳質書撰其遺文都為一集後事待諸

[illegible]藝緒孤杜子美贈王侍御詩伶俜卧疾頻晉山濤傳與嵇康

[illegible]臨誅謂子紹曰巨源不孤矣濤字巨源老病孟光偶後漢

傳字其妻雅孟光世人賤目見文選張平子東京賦若客子

學膚受貴目者也争笑千金帚文選魏文帝典論論

以所長相輕所短里語曰家享之千金斯不自見之過也君詩

劉勰辨騷云楚詞者體漫於三代而風雅於戰國乃雅頌之博徒詞

者皆有取楊子壵丁之言法吾有取焉耳道但

[illegible]人人多[illegible]禄羨[illegible]狂子

[illegible]食

谿秌　谿水清可鑑環城

處皆佳絕蒲蓮浩如海韓退之鄆州谿

蒲蕪葦時見舟一葉白樂天詩一葉舟中載病身

避世論語賢者避世其次避地青蒻低白髮續仙

和漁父詞云青蒻笠斜風細雨不須歸相逢欲相問

鷗沒杜子美贈韋左丞詩白鷗沒浩蕩萬里誰能馴

定何物可愛不可名所至如君子草

茄聲我行本無事唐陸象先傳天下本無事孤舟

陶淵明經曲阿詩渺渺孤舟逝中流自偃仰適與

舉杯屬浩渺樂此兩無情歸來兩

[illegible]明

[illegible]鳴[illegible]有李太白襄陽歌遙看漢水鴨頭

[illegible]州[illegible]界

不

季……是

以袖……全山謂從事鄒湛羊祜傳睿登峴

便有此山由來賢達勝士登我與卿者多矣皆湮沒無聞使

悲曰公德冠四海道嗣前哲令問與汝山俱傳至若湛輩乃如公言

……我懶關訟日已稀能為無事飲光記

何犀首見之軫曰公飲也犀首曰無事也可作不夜歸李德

記出下不近夜復尋飛英游湖州有飛英寺盡此

撞鐘屐聲集楞嚴經衆集撞鐘食辦擊鼓顛倒

毛詩東方未明顛倒裳衣我來無時節杖屨白

[illegible]侍坐於君子欠伸撰杖屨莫作使君看外似

劉水[illegible]行長字

墺[illegible]贈[illegible]步

波頭……卻

……手不閑濯足……子可以濯……我足

序澤國山圖裏周禮澤國用龍……郎劉禹錫詩山

城水影傍李涉潤州詩孤城吹角水茫茫欲知

葦外記風檣文選郭景純江賦萬里連檣注云檣桅

蒼曰檣颿柱也杜集序風檣陣馬

與胡祠部游法華山

欲盡山為界始見寒泉落高派道人出山曲折虛堂瀉清快漢李廣傳報天子以使君年老尚見戲綠棹紅注云曲曲委曲也一笑翻漢司馬相如傳上林賦入川分流洶湧澎湃[illegible]抒情詩李相蔚鎮淮南祖送孫[illegible]舟子[illegible]篙戢水近岸妓濕[illegible]餘[illegible]淮上波曰從[illegible]水濺來[illegible]府歸

[illegible]天龍起[illegible]但

迓之乾[illegible]萬里醒[illegible]廿

[illegible]囀[illegible]杭州十里餘清唱聲聞廬

云是日樂工有作此聲者文衡文賦含清唱而靡應後漢周

梁商燕于洛水酒闌倡延客之歌坐者皆為掩涕嗟子少

隱韓迓之縣齋書懷詩少小尚奇偉庾信傷周處士詩望氣求真

青衫天所械忽逢佳士與名山北子

殷六詩佳士欣相識後長傳肆意於五嶽名山何異枯楊便

君猶鸞鶴偶飄墮六翮如雲豈長鎩明沖天不在六翮乎接而傳尸鳩夫文選謝宣遠荅靈運詩鎩翮周

新句紀茲游恐負山中清淨債白樂齋戒淨緣

次前韻贈賈耘老

介周禮東南曰揚州其山鎮曰會稽其澤藪曰具區三萬具[illegible]四州界

聞餘瀾鳴[illegible]

始覺人寰隘漢[illegible]帝紀[illegible]觀[illegible]皇帝漢

賦縱觀長老歎息歸人寰之卑主

山頭卧碣予

至人僵不壞莊子田子方篇至人者上闚青天下

揮斥八[illegible]不變

空餘白棘網秋蟲劉禹錫團扇歌

無復青蓮出幽怪法華經有人聞是品能隨喜讚

人口中常出青蓮香按湖州法華有樵夫入山得青蓮一枝蓋生於平

持入市示人以花生非時且異其事
然夫還至本處掘地視之下有石匣
童子舌根不壞花自舌出是人生
華經致此勝果故因名其山事具
憶未甚詳有幽徑錄

我來徙倚長松下 楚辭屈原

欲掘伏苓親浣曬 史記龜策傳伏苓千歲松

放歌行知子[illegible]暮有意來同煮 閒道山中畐

始皇並海上仙之奇藥 徙[illegible]靈芝之旅

書猗生事[illegible]

何山泉釀春酒 詩維北酒□合

常債 坐子美曲江詩酒債尋常行□有

□道高齋

趙清獻公名抃字閱道西安人為殿中侍御史京師目為鐵面御史知成都以一琴一龜自隨為政簡易擢參知政事時王介甫行新法閱道屢斥其不便寂後上言制置條例司遣使者四十輩騷動天下安石彊辯自用詆天下之

公論以為流俗遠衆罔民順
非文過奏入戀乞去位拜資
政殿學士知杭州移青再帥
蜀歸知越州復徙杭遂以太
子少保致仕薨年七十七其
自杭告老而歸也錢塘州宅
之東舊據城闉橫為屋五間
下瞰虛白堂不甚高大而最
超出州宅故為州者多居之
謂之高齋東坡守杭秦少章
乎寓焉亦有留下向齋月明
句清獻既治此[illegible]齋以[illegible]喜
述要步亦有[illegible]
[illegible]下別管其[illegible]齋[illegible]才

去來隨所止經如幻泡影
義此名之設也　古曾公年
道俗緣未盡餘伊臯題社雜錄謝靈運下
將無謂我俗緣未在家出家久矣功名富貴俱
子仲尼篇處君之家如逆旅舍觀吾之鄉如戎蠻之國黃金
人袍超然已了一大事漢班固序傳淵然深
遠覽法華經諸佛出世唯以一大故出現於世傳燈錄達磨云因緣

事一大知見掛冠而去眞秋毫後漢逢萌傳解

都城門歸莊子齊物論天於秋毫之末而太山為小坐看猿

罔兩手未肯置所操乃知賢達與

相去九牛毛晉華譚傳或問譚曰諺言人之相去

亭有是乎譚曰昔許由巢父讓道小人爭半錢之利此之相

也漢司馬遷傳若九牛亡擬法九牛之毛在多

小覺韓退倚巨懃青萬太沖

公鬆表

[illegible]推

[illegible]獨[illegible]

俞節推名溫父湖州烏程人父汝尚字退翁溫溫有禮讓論不苟第進士僉書劍南西川判官趙清獻公守蜀入輒相對清談竟暮王介甫當國患一時故老不同已或言退翁清望可寘之御史即召詣京師既知所以薦用意力辭得免還家苦貧又從清獻於青州遂以屯田郎中致仕子

由寄其詩首云不作清時言
事官歸逾年忽告其妻黃曰
人生七十者稀吾與夫人皆
以過之可往矣黃曰我先去
退翁曰善後三日黃沐浴化
去退翁明日召諸子告曰吾
亦行矣俄隱几而終孫葦者
以爲事類龐公表其墓而秦
少游爲書之此詩云異時多
之士木路褒初心我亡不有
[illegible]其肯枉尺尋出其陶小爲
[illegible]而出之士矣折而
刑久[illegible]堙[illegible]題蕪利
堂集

郎[illegible]云及
[illegible]矣不諸參

飲[illegible]黃[illegible]天無羽[illegible]甲出明行[illegible]展猶古見

且漂異時多良士漢食貨志注云異時

尚士末路褒初心戰國策詩云行百里者半九十

路之難韓退之德日負其初心我生不有命尚書我生

其肯枉尺尋孟子枉尺而直尋者以利言也

次韻荅孫倬

孫侔字少述湖州人作文奇古內行孤峻與王介甫曾子固游名傾一時客居江淮間士大夫敬畏之劉原父敞知揚州言其孝弟忠信足以扶世矯俗求之朝廷呂公著王安石之流也詔以為揚州教授力辭沈文通王陶韓維連薦之授忠武軍推官常州判官皆不就元豐三年令以通[illegible]致仕年[illegible]卒

[illegible]
宋人軼[illegible]

安　黃汝淮

蔣評標　十四論交一言

傳與張劭為友二人並告歸

劭曰後二年當過拜尊親見

朗侯之母曰二年之別千里結

之審邪對曰式信士必不乖違

與君蓋亦不須傾家語孔子之郯遇程子於途傾

於

重寄

陸務觀云孫少述一字正之與荆公交最厚故荆公别少述詩云應須一曲千回首西去論心有幾人又云子今去此來何時後有不可誰予規其相予如此及荆公當國數年不復相聞人謂二公之交遂睽故東坡詩云蔣濟謂能來阮籍薛宣眞欲吏朱雲劉全人貢父詩云未有異公遂[illegible]代[illegible]更傳中敢[illegible]臨[illegible]文書[illegible]然少[illegible]以為[illegible]公再[illegible]適在[illegible]鳥[illegible]

[illegible]歐[illegible]

[illegible]哉[illegible]謂[illegible]

濟聞其有雋才而辟之籍[illegible]

繆[illegible]以光清舉初濟恐籍不

卒迎之而籍已去濟大怒

共諭之乃就吏竟謝病歸 **薛宣**

朱雲 漢朱雲傳薛宣為相雲往見

之從容謂雲曰在田野亡事

東閣可以觀四方奇士雲 **好詩銜**

延欲相吏耶宣不敢復言

擇俗子疑人未遣閒乞取千篇看

將輕比鮑參軍杜子美贈李白詩清新庾開府俊逸

次韻和劉貢父登黃樓見寄并寄

由二首

上黃樓冠海寓此詩尤偉麗[illegible]

[illegible]蓮[illegible]張[illegible]傳曰[illegible]張[illegible]

六但[illegible]子[illegible]詩時未須憂[illegible]貧[illegible]會

[illegible]準書居官者以鏡倉〻庾氏也身聽治家橅

會合難前定文選曹子建七哀詩浮沈各異勢會

休試後圖莊子歸休乎君陶淵明斜川詩開歲倏五十吾

休左氏後圖腴田未可買東坡云本欲買田於泗上

下遂漢張禹傳家以田為業及富貴田至買四百頃皆涇渭溉灌極膏腴

鬼却須呼韓退之送窮文結柳作車縛草為船載糗輿粻三揖
告之云云於是上手車輿船延之上坐二水何年到
受艫文選左太沖吳都賦巨艦接艫揚雄方言艫舡後也至
歐陽永叔鎮陽園詩至今清夜夢猶遶北池北飛鑾第
[illegible]經天吳水神也八首十尾[illegible]伯東波云此詩寄劉
[illegible]徐無鬼篇越之流人[illegible]寺[illegible]以若而[illegible]

不予持漢節漢□□雋以便上持

以賑貧民蘇武仗漢節牧羊猶喜攬桓須

謝安携其不此不凡清句金絲合高樓雲

且曹子建七哀明月照高樓吟哦出新意韓退之調

帝欲長吟起且僵指畫想前廡韓退之鄭相公詩指

叙東坡云子由初赴南京送之出城上覽山川之勝云此地可作樓

是始有意

自寫千言賦新裁六幅圖東坡

絹自寫子由黃六幅圖甚妙傳看一坐聳韓退之筆

傳看黃琉璃漢司馬相如為不得已強往一坐盡傾勸著尺

信傳奉之書莫使騷人怨東游不到

草堂[illegible]戢子且奔走三年望東江[illegible]難為游五湖韓退之石

到

[illegible]

邸[illegible]綿[illegible]

[illegible]十一月[illegible]有名若

[illegible]正延蔓說也

我能未到說黃州此生聚散何

謝靈運酬惠

未忍悲歌學楚囚

聚散成分離

怨詩慷慨獨悲歌左傳成公九年

見鄭人所獻楚囚使稅之晉王導

人士暇日出新亭周顗中坐歎曰

殊舉目有山河之異皆相視流涕

變色曰當共戮力王室

神州何至作楚囚對泣耶

子由自南都来陳三日而別

逐客史記李斯傳秦宗室大臣請一切逐客孟東野詩逐客零

此尚能哀楚囚楚囚見前詩注奔馳二百

我憂相逢知有得道眼清不流

落盡驕氣浮史記老子傳謂孔子曰去子之

色與[illegible]嗟我晚聞道[illegible]子[illegible]

歎嗟[illegible]子達[illegible]

[illegible]

喻[illegible]
佛為大醫[illegible]王藥 [illegible]唐書元[illegible]楷[illegible]沉[illegible]
[illegible]當病[illegible]用無益也納之憂患塲屋以
[illegible]雖難化韓退之鱷魚文冥頑不靈鐫叢亦
種種心左傳昭公三年盧蒲嫳曰余髮如此種種余奚
[illegible]剛經衆生若如来悉知次第去莫留但餘無
[illegible]嚴經佛告阿難今示汝無所還地永與夫子游此
入道大江東西州畏虵不下榻睡足

我……錢

房詩曰長翻工子至今行吟

王於江澤畔尚餘頹易痕孟東野送

敘消齒一朝出從仕永媿李仲

仲子蜀人也請人曰有李仲元也不屈其意不累其身曰是夷曰不夷不惠可仲元世之師也晚歲益可羞犯

韓退之詩求官來升東洛犯雪過西華山城買廢圃

自擬長使齊安人指說故侯園漢蕭

佛遺教經煩惱毒虵睡在汝心譬如黑虵在汝室睡當以持戒之鉤之睡虵出可安眠韓退之贈張功床畏虵食畏藥杜牧詩平生睡足

汲爲齊安民圖經黃州齊安郡何必歸故

十八日蔡州道上遇雪次子

首

四十根方浸集春雪詩

平者故秦東陵侯種瓜東瓜美故世謂東陵瓜

鬚須劉禹錫與米嘉榮詩好染髭須事後生旋露霜

如閉目坐丹府夜自聯文選陸機辨亡論罄

誰知憂患中方寸寓羲軒大雪

兒女萱孟東野百憂詩萱草兒女花不解壯士憂

子大宗師篇眞人之踵眾人之息以喉坐覺

詩滿地海無淮佇立望

[illegible]

［示］鄉人任師中東坡云任黃知
廬州亦坐事對獄任師中事互見二十卷任師中挽詞注及三十一卷閱世亭詩注
羡任夫子卜居新息臨淮水卜居楚詞
域志息縣怪君便爾忘故鄉稻熟魚肥
竹陂鴈起天為黑東坡云小竹陂在縣北桐

橫山半紫東坡云桐栢廟在縣南知君坐受兒

記韓信傳呂后使武士縛信信曰

悔不用蒯通之計乃爲兒女子所

先歸弄清泚文選謝玄暉詩寒流自清泚白樂天詩行

步塵埃我亦失收身歐陽文忠公詩河日

行蹭蹬尤可鄙杜子美贈李二丈詩蒼茫

方將依白足史記韓信傳數從南昌亭

亭時有[illegible]河青足[illegible]未免頒

[illegible]上蹝

[illegible]

初亂一水碧尚書亂于河暮宿淮

千山赤杜子美光祿坂詩西望千山萬山赤麏鼯

文選謝玄暉詩飢鼯此夜啼霧雨暗破驛楚辭大招

遥只回頭梁楚郊永與中原隔杜子美成

原汜黃州在何許文選謝玄暉登三山詩佳期在何許

夢澤楚辭遠游章思舊故以想像司馬相如傳楚有七澤其小
吾生如寄耳文選魏武帝詩人生如寄法苑珠林謝安
書曰人生如寄耳終右耒以晤言消之初不擇所適
稻生理已自畢獨喜小兒子少
退之縣齋有懷小尚奇偉相從艱難中
武故事長文王必勤事心一鐵石便應與
可止寄吾族東坡云時寄在子由
子

第十七

蘇齋所藏天際烏雲詩帖

是婁鈎本非公書跡今在

天津人家戊寅十二月十九

日記是月同觀者嘉興湯安臨

峯

余又有坡公正書海市詩舊拓本亦蘇齋藏物題識纍〃既出此書賞玩竟日復檢篋得帖並几同觀猶恨無公墨跡耳 希逸再書